Shiki Chitose

Die Schwingen der Kavallaris

Die Schwingen der Kavallaris

Inhalt

Einleitung

Vielen Dank, dass ihr
Die Schwingen der Kavallaris
gekauft habt! Dieses Buch
umfasst Werke, die ich kurz
nach meinem Debüt gezeichnet
habe und die deswegen noch
ungeschliffen sind. Ich habe
aber jedes davon mit viel Liebe
zu Papier gebracht und wäre
sehr glücklich, wenn sie euch
Freude bereiten.

Shiki Chitose

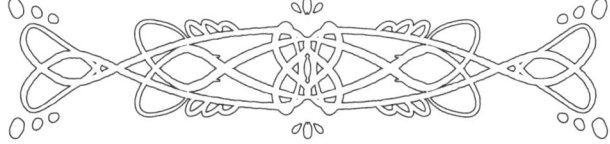

Die Schwingen
der Kavallaris

Du hast meine Mahnungen ignoriert, Lion.
Das gibt eine Strafe.
Ab sofort wirst du Shao bei ihrem Training helfen.
Was?
Sollte sie beim nächsten Rennen den letzten Platz belegen ...
... wirst du degradiert.
Waas?!
Shao, das gilt auch für dich.
Wenn du wieder nur Letzte wirst, dann bist du eindeutig nicht für diesen Beruf geeignet.
In dem Fall ...
... wirst du von der Schule verwiesen.
Von der Schule verwiesen?!

Das ist nicht wahr ...!

Biesterrennen ...

... sind Luftrennen, bei denen Reiter ...

... auf seltenen Biestern fliegen.

Die Schüler lernen die Pflege und Aufzucht von Biestern.

Um ein Kavallaris, also ein Reiter zu werden, benötigt man den Abschluss einer Lehranstalt.

Albert King, der König der Lüfte ...

... machte sie zum beliebtesten Sport der Welt.

Hier feilen wir täglich an unserem Geschick ...

... um einen höheren Rang zu erreichen.

Die Ränge gelten auch nach dem Abschluss und bestimmen, an welchen Rennen man teilnehmen darf.

Gadack

Hey!

Was soll ich nur tun ...?

Hah

Ludo...

Ach, lassen wir das doch mit den Nach- namen.

Also Shao.

Ich hasse ...

... diesen Kerl.

Du hast keine Zeit, herumzu- trödeln.

Jetzt ist Training angesagt.

Hmpf

Hör mir gut zu.

Aber ...

... mein Rang steht auf dem Spiel.

Was aus dir wird, geht mir völlig am Arsch vorbei.

Weil du dich den Rennen mit Leib und Seele widmest ...

... will Nils womöglich seine Schwäche nicht zugeben.

Genau wie sein charakterstarker Partner ...

Ist das so, Nils?

Ah

Knuddel

Nils hat Lion ...

Es tut mir leid.

Ich versorge deine Wunde.

Ich ...

... möchte besser werden.

Ich möchte auf den ersten Platz kommen.

Also ...

... **hilf mir bitte beim Training!**

Fangen wir an.

Komm mit!

Flapp

Das ist das Gesicht einer Kavallaris.

Pfiuuh

Jill!

Flieg nach oben!

Wuusch

Lins

War das nur Zufall?

Sie sind schnell!

Was für eine Drehung.

Wuusch

Weich ihm aus.

Zapp

...
Hey ...
Ich fürchte mich ...
Beim ersten Rennen ...
... nach unserer Einschulung ...
... hat die Kralle eines Biests, das neben mir flog, fast mein Gesicht getroffen.
...
So was gehört zu den Rennen dazu.
Seitdem fürchte ich mich davor ...
... neben anderen zu fliegen ...
Ich weiß ...
Aber ...
...mein Körper wird einfach starr vor Angst.

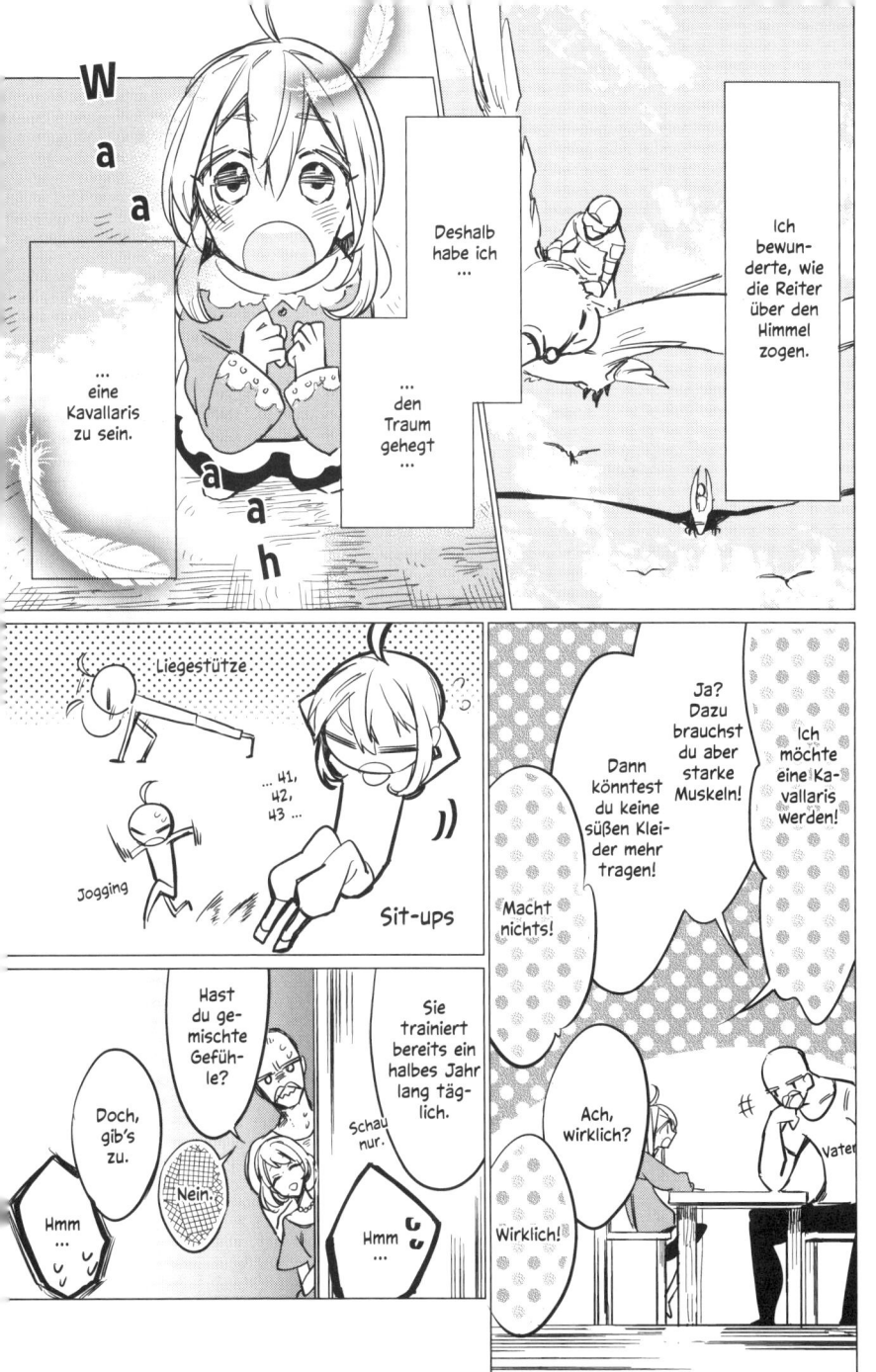

... ist unser Traum.

Kavallaris zu werden ...

Ich kann mich einfach nicht überwinden.

... so furchterregend ist.

... wusste ich nicht, dass ein Wettkampf ...

... und das Fliegen mit anderen ...

Ich bin ...

... nicht mehr die Einzige, die sich das wünscht.

Gib mir deine Hand.

Aber dennoch ...

Denn du hast keinen Funken Ehrgeiz.

Du bist nicht zu einer Kavallaris geeignet.

Ah

Selbst wenn ich degradiert werde ...

... werde ich mich aus eigener Kraft wieder hocharbeiten.

Meine Degradierung nehme ich hin.

Ich ...

Flapp

Flieg doch woanders für dich allein.

... bin nicht zu einer Kavallaris geeignet.

Es ist vielleicht das letzte Mal ...

Wir beginnen nun das Schulrennen.

··· dass ich an einem Rennen teilnehmen kann.

Raun

Raun

Raun

Raun

Nehmt eure Startpositionen ein.

Ah

Lion ... Ich hatte seither keine Gelegenheit, mit ihm zu reden ...

Keine Angst.
Keine An...
Graaah
Schreck
Ah ...!
Pamm
Flatter
Mist ...
Jistille! Los!

Ich bin nicht alleine.

... hat Jistille mich auf sich fliegen lassen.

Danke, dass du mich nicht im Stich gelassen hast ...

Obwohl ich den Mut verloren und nach Ausreden gesucht habe ...

Auf geht's.

Schauder
Nicht wegziehen!
Stoß zurück!
Ngh ...!
Jill!
Stoß ihn zurück!
Batsch
Woah ...
Wank
Wuuusch

Eines Tages werde ich der ganzen Welt zeigen ...

Ich hab dich lieb!

Jistille!

... wie wir in einem Rennen voller schöner, starker Biester ...

... einen grandiosen Flug absolvieren.

Die Schwingen der Kavallaris / Ende

Die Schwingen der Kavallaris

Rückblickend fällt mir auf, dass die Geschichte gar keine Elemente von einem Shojo-Manga hat. Danke an *Hana to Yume*, dass sie trotzdem in dem Magazin abgedruckt wurde ... Echt großzügig! Große Tiere und die Freundschaft zwischen Mädchen und Jungen sind Themen, die ich sehr gernhabe. Es ist schwierig, Menschen und große Lebewesen zusammen in einem Panel unterzubringen. Schon bei meiner Arbeit an *Die Legende von Azfareo* hatte ich Probleme damit, aber ich erinnere mich, dass ich auch bei dieser Geschichte nach geeigneten Perspektiven gesucht habe. Ich hätte gern eine Szene gezeichnet, in der Shao gegen den amtierenden Champion King antritt. Apropos, Drachen habe ich schon zu dieser Zeit gezeichnet (Nils)! Das tue ich bei jeder Gelegenheit ...!

Flausch

Piep

Weißkopffriesenadler

Vergleichsweise friedliche Lebewesen. Da sie zu den größeren Biestern gehören, braucht man viel Armkraft, um sie zu bändigen. Jistille ist in der Geschichte noch nicht ganz ausgewachsen. Die Küken haben einen weißen Bauch.

Schlangendrache

Dank ihrer glatten Körperoberfläche und des niedrigen Luftwiderstands erreichen diese Biester eine hohe Geschwindigkeit. Viele von ihnen sind sensibel und empfindlich, was ihre Aufzucht schwierig macht. Nils gehörte der Schule und ließ niemanden auf sich reiten. Als aber Lion sich sorgsam um ihn kümmerte, öffnete er ihm sein Herz, weshalb er offiziell zu seinem Biest ernannt wurde.

Die Palette der Wiedergeburt

... werde alle Colors übertreffen ...

... und die Nummer eins werden!

Eins

Im Frühling

Hier sind die Gruß-worte ...

... der Jahr-gangs-besten, Mashiro Hinamori.

Raun

Raun

Ich ...

Die Palette der
Wiedergeburt

In dieser Welt gibt es ein paar Menschen, die Merkmale aus ihren früheren Leben aufweisen.

Etwa einer von zehntausend Menschen gehört zu diesen ...

... sogenannten »Colors«.

Sie haben klar erkennbare Kennzeichen aus ihren früheren Leben ...

... die viele von ihnen dazu nutzen, einen hohen Status zu erreichen.

Wieder-
geboren
zu sein
...

Wah!

... bedeutet,
zur Elite zu
gehören.

Flatter

... wird oft
herabge-
sehen.

Auf
Menschen,
die noch nie
wiedergeboren
wurden
...

Hoppla.
Sorry,
Newbie.

Ich hab
was im
Auge!

Hat er
das mit
Absicht
gemacht?

Mashiro Hinamori (15) »Clear«

Entschuldigung. Wo finde ich das Wohnheim?

Ach, das kann ich dir erklären.

Vielen Dank!

Dieser Mistkerl ...!

Knirsch

.... eine Eliteschule, die nur Colors besuchen.

Ab heute gehe ich auf die Seiei-Akademie ....

Colors können echt böse sein.

Was soll das?!

Ist das das Schulgebäude?! Das reinste Schloss!

Wo soll das Wohnheim sein?!

Eine endlos lange Mauer!

Hach! Du bist mal wieder ein Prachtkerl! ☆

Fresse.

Du hast das Meeting schon wieder geschwänzt!

Böser Junge!

Hä?!

Er freut sich?!

Wer ... ist dieser Kerl überhaupt?

Er spricht total herablassend!

So langsam hab ich die Nase voll.

Groh Groh Groh

Hey.

Er hat Fangzähne ...?

Ah!

Hm ...?

Nanu? Dieses Mädchen ...

Was?!

Hast du nicht gehört? Du sollst verschwinden.

Wie lange willst du mich noch anstarren?

Tapp

Jahr-
gangs-
beste?

Zuck
ピクッ

Stimmt's,
Mashiro
Hinamori?

Also
doch.

Sie
durfte als
Jahrgangs-
beste die
Grußworte
sprechen.

Er hat
mich beiläufig
beleidigt!

Du
bist echt
seltsam.

Und ein
flauschiger
Schweif ...!

Silberne
Haare! So
geschmei-
dig!

Woah!
Er sieht
auch un-
heimlich
gut aus!

Pflegst
du denn deine
Haare ordent-
lich? Sind sie
nicht etwas
trocken?

Laut
Gerüchten
solltest du
eine Schön-
heit sein,
aber ...

Hmm,
du bist
ja stink-
normal.

Hey!

So
hab
ich das
nicht
gesagt!

Oh,
stimmt!
Das Mäd-
chen, das
behauptet
hat, Colors
wären
nichts Be-
sonderes!
☆

Ach, ich
führe den
Satz dir zu-
liebe nicht
zu Ende.

Aber
was
?!

Oha!

Diese
Mist-
kerle!

Die Grippe hatte ihn erwischt. ☆

... aber ich hab diese Prüfung nicht absolviert.

Man sieht, dass du gewöhnlich bist.

Vielleicht bist du stolz darauf, Jahrgangsbeste zu sein ...

Hmm ...

Was denn?

Du sollst also die Jahrgangsbeste sein ...

Hmpf

Mit anderen Worten, du bist nicht die Beste des Jahrgangs!

Hätte ich an dieser Prüfung teilgenommen, wäre ich mit Sicherheit auf Platz eins gewesen!

Meine Güte ...

Typisch Colors.

Mitleidsvoller Blick

...?!

Wirf mich ja nicht mit so einem Getier in einen Topf.

Mein Name ist Miya Kiryuin.

Sie sind die Besten der Besten.

... die eine Wiedergeburt von etwas ganz Außergewöhnlichem sind.

... gibt es ganz besondere Colors ...

Mitunter ...

Was zum Henker hat sie bei den vier zu suchen?!

Ist das nicht die Clear, die die Grußworte gesprochen hat?

Hä?

Schau mal.

»Rare Colors«?!

Kaito Sho
Einziger Sohn eines berühmten Spieleherstellers

Yuzuru Kibasaki
Ältester Sohn der weltberühmten Modemarke KIBASAKI

Mahito Shirogane
Drittältester Sohn des landesweit größten Unternehmens für Schönheitschirurgie

Ehemaliger Inkubus

Ehemaliger Werwolf

Ehemaliger Fuchsgeist

Also ...

... und damit zu den Besten der Besten.

Er gehört zu den Rare Colors ...

Kein Wunder, dass dieser Kerl so arrogant ist.

Mashiro hat kein früheres Leben!

Aber einen komischen Namen!

Solche Typen hasse ich am meisten!

Gib ihn mir zurück!

Bild dir ja nichts ein, nur weil du gute Noten hast.

Tsubasas Familie soll wirklich von Greifen abstammen!

Rare Colors ?!

Woow!

Versuch doch mal, einen Skill zu benutzen.

Tsubasa wird unser Klassensprecher sein!

Flüster

Mashiro gibt sich voll Mühe, obwohl sie nur ein Clear ist.

Gegen Colors hat sie trotzdem keine Chance.

Flüster

Ein Clear hat doch keine Skills!

Ha ha ha

Tsubasa 16
Mashiro 3

Hey, Mashiro!

Ich wollte auch mal Klassen-sprecherin sein ...

Ich hab für Tsubasa gestimmt.

Ich auch! Warum sollte uns auch ein Clear vertreten?

Wie sehr du dich auch anstrengst, du wirst dich niemals gegen uns Colors behaupten!

Ssp

Gritsch

Auch wenn ich keine Wiedergeburt bin!

Ich zeig's euch!

Tapp

Ich schaffe es!

Dass ich nicht lache!

100

100

Du willst es also nicht anders!

Kritz

Kritz

Ich werde dir zeigen, wo der Hammer hängt!

Kritz

Du wirst schon sehen, Miya!

Von wegen, du hättest den ersten Platz belegt!

CAT

CAT

Lassen wir sie tun, was sie tun möchte.

Ich geb alles, bis ich mein Ziel erreiche!

Schatz, du musst nicht so hart büffeln.

Vater

Mutter

Angeborener-Ehrgeiz

Mein Mittagessen hab ich mir selbst gemacht.

Ein Mensch muss ja kochen können.

Hmpf

Na, was sagst du zu meiner Mahlzeit?

Ho ho

Oh, aber ein Muttersöhnchen wie du hat's wohl nicht drauf.

Man sieht den Ball gar nicht mehr ...!

Klack

Klack

Klack

Klack

Klack

Klack

Klack

Die zwei sind unglaublich!

Dir zeig ich's!

Immerhin hat er die besseren Noten.

Miya ist aber immer noch klüger als sie.

Sie läuft angeblich auch superschnell.

Mashiro ist gar nicht mal so übel.

Flüster

Flüster

Ich war schneller!

Ich!

Ich!

Ich!

Ich!

Wer kann diese Frage antworten?

Nun ...

He knows a...

Ihr müsst euch nicht mehr melden ...!

Bleibt auf euren Plätzen.

Nein, er ist begabt!

Er ist nicht nur ein verzogener Junge aus gutem Hause.

... hatte ich Miya unterschätzt.

Ehrlich gesagt ...!

Wer hätte das gedacht ...

Wooo oh

Schluck

Stimmt.

Miya scheint Spaß zu haben.

Hilfe!

Lass das, Miya!

Sei nicht so fies!

Aaaaaah!

Ngh

Klatsch

500

Poff

Ah!

Kiba kann runde Gegenstände nicht ausstehen.

Was hast du denn?

Äh?

Alles okay?

Hilf mir, Mashiro!

Wenn ich mich recht entsinne, warst du ein Werwolf?

Ach ...

Davon hab ich mal gehört.

Genau!

Das liegt an einer Eigenschaft aus dem früheren Leben.

Ach so!

Vollmond ist rund → Schwäche: Vollmond

Verwandelt sich bei Vollmond

Werwolf

Schwäche: runde Gegenstände

Eine ziemliche ungenaue Verallgemeinerung.

Kann man den Vollmond überhaupt Schwäche nennen?

Hah

Stimmt auch wieder!

Wieso hab ich mich mit Colors angefreundet?

Sie ist doch unser Feind.

Wieso habt ihr euch mit ihr angefreundet?

Grr

Grr

Echt? Bring mir auch was bei!

Also hast du Hintergedanken dabei, wenn du mich lobst.

Aber macht nix.

Zudem hilft sie mir beim Lernen, im Gegensatz zu dir!

Bei der letzten Prüfung war sie mir eine echt große Hilfe!

Und ich mag Mädchen! ♡

Ihr wagt es?!

Nein, ist sie nicht.

Also ich mag kluge Menschen.

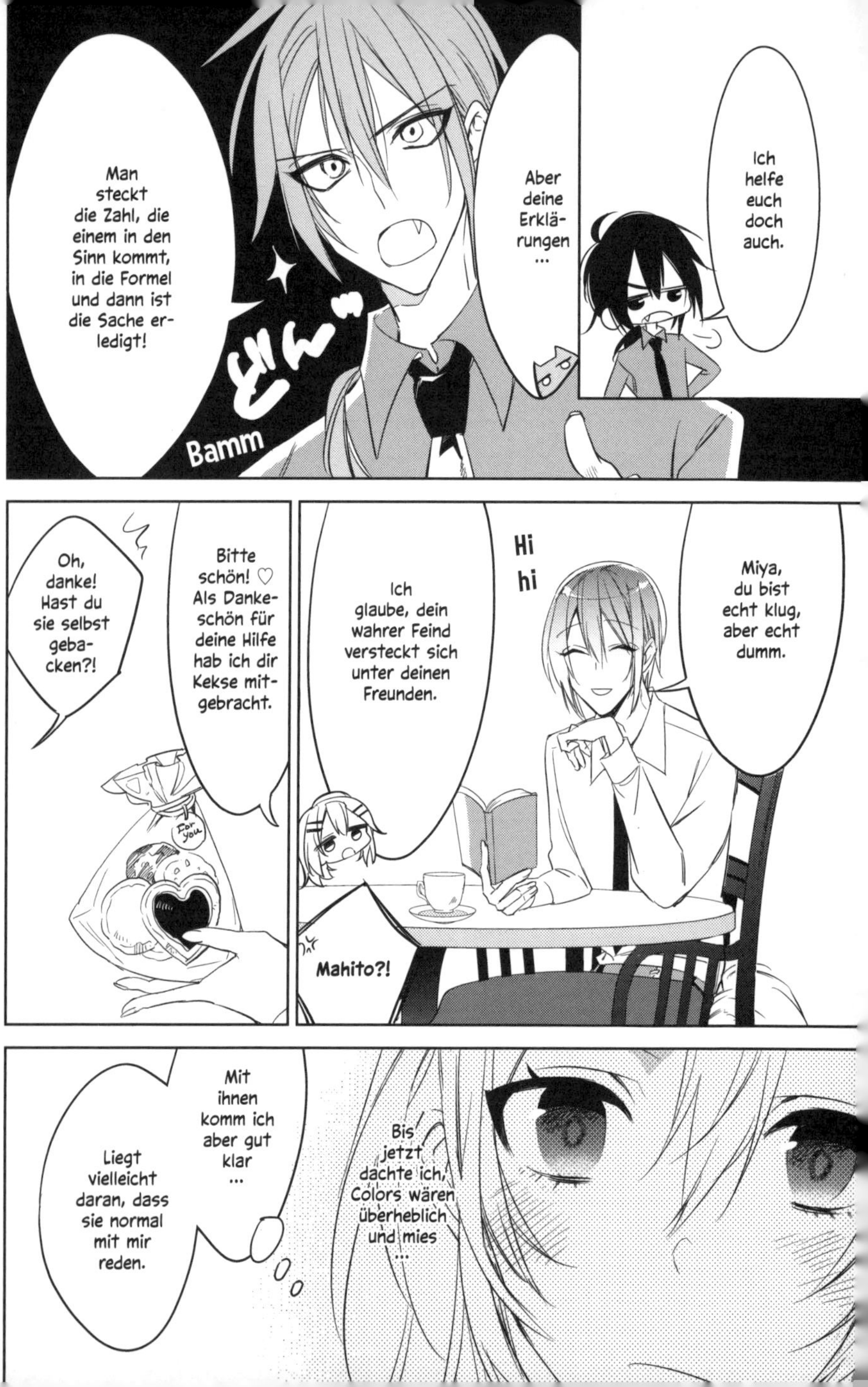

Man steckt die Zahl, die einem in den Sinn kommt, in die Formel und dann ist die Sache erledigt!

Bamm

Aber deine Erklärungen ...

Ich helfe euch doch auch.

Oh, danke! Hast du sie selbst gebacken?!

Bitte schön! ♡ Als Dankeschön für deine Hilfe hab ich dir Kekse mitgebracht.

Ich glaube, dein wahrer Feind versteckt sich unter deinen Freunden.

Hi hi

Miya, du bist echt klug, aber echt dumm.

Mahito?!

Liegt vielleicht daran, dass sie normal mit mir reden.

Mit ihnen komm ich aber gut klar ...

Bis jetzt dachte ich, Colors wären überheblich und mies ...

Du wirst vor Furcht zittern, wenn du meine Ausdauer erlebst!

Ich hab noch nie jemanden gesehen, der sich auf den Marathon freut.

Ich hab gehört, auf dieser Schule ...

... laufen Mädchen und Jungen dieselbe Strecke!

Nein.

Sie sind deine Feinde (insbesondere Miya). Also reiß dich am Riemen.

Übrigens, der Schulmarathon wird in der nächsten Woche veranstaltet.

Ähem

Hmpf

Auf der Mittelschule hab ich den Wettbewerbsrekord gebrochen.

Denkst du etwa, du hättest eine Chance gegen Männer?

Hmpf

Zuck

...!

Dosch

Hey, wo willst du hin? Wir sind noch nicht fertig.

Halt's Maul!

Das geht dich nichts an!

Was hat er ...?

Sah er nicht total blass aus?

Lass ihn lieber in Ruhe.

Alles okay?

Wah!

Pass doch auf, Miya!

Ma-hito, aber ...

Er fühlt sich vielleicht nicht gut. Soll ich nicht doch lieber nach ihm sehen ...?

Äh?

Jemand wie du kann ihn sowieso nicht verstehen.

Es ist das Gleiche wie bei Kiba vorhin.

Um diese Uhrzeit hat er sonst immer was getrunken.

Eine Eigenschaft aus seinem früheren Leben?

Vielleicht wollte er nicht, dass du das erfährst.

Ich würde lieber sterben ...

... als bemitleidet zu werden.

Du musst dir keine Sorgen um ihn machen.

Getrunken? Medizin ...?

Äh ...

Aber ...

So habe ich ...

... die Jungs noch nie erlebt.

Das sieht dir gar nicht ähnlich, Miya.

Kaito tut es leid, dass er von deiner Eigenschaft erzählt hat.

Hä? Das ist mir total egal.

Was?

Nein ...!

Ich will sie nur unter fairen Bedingungen besiegen!

Hi hi

Hör auf! Ist ja widerlich!

Willst du ihr keine Sorgen bereiten?

Wie süß von dir, Miya.

Erzähl ihr aber nichts.

Ich hab mir noch nie eingebildet, dass ich es gut hätte.

...

Colors
...

... spielen sich immer auf ...

... schauen auf andere herab ...

Wieso sah er so verletzt aus?

Ist doch wahr.

... und machen sich über mich lustig.

Hab ich ...

... mich erschreckt.

Stimmt doch.

Lins

Yes! Volle Punktzahl!

Auch bei Tests ...

Seither ist er nicht mehr in die Mensa gekommen.

Dabei hat er immer mit seinem Essen angegeben.

Es könnte nicht offensichtlicher sein!

Hmpf

Er geht mir aus dem Weg.

Ich hab auch die volle Punktzahl, was sonst?

So hätte er reagiert ...!

Flapp

100 Flapp

Grr

Halt! Mir hat er auch schlimme Dinge an den Kopf geworfen!

Dank seiner Eigenschaften hat er es besser als Clears.

Aber stimmt doch.

Er hat sich damals über meine Aussage aufgeregt.

Hmm

Knacks

Knacks

Fast hätte ich meine Worte bereut!

Hab ich ihn verletzt ...?

Dzumm

Die Strecke verläuft innerhalb des Schulgebiets.

An den einzelnen Versorgungspunkten könnt ihr Wasser trinken.

Raun

Raun

...zweifellos die Nummer eins!

Ich hab nichts dagegen, wenn Miya unseren Wettstreit aufgibt.

Dann bin ich auf dieser Schule ...

Jetzt ist es so weit.

Ich will so weit vor wie möglich.

Mashiro!

Stellt euch hinter die Startlinie!

Der Tag ist gekommen ...!

Hallo, Mashiro!

Lange nicht gesehen!

Kiba! Kaito!

Bamm

Ist täglich 10 km gelaufen

Man sieht dich und Miya gar nicht mehr streiten. Was ist los?

Übrigens, als ehemaliger Werwolf bist du bestimmt ein schneller Läufer.

Hm?

Nein, leider bin ich alles andere als schnell!

Ich streng mich an, damit ich nicht verliere.

Flapp

Flapp

Hä?!

Na ja ...

Echt jetzt?! Dabei dachte ich, ihr Colors hättet lauter praktische Fähigkeiten ...

Ich hab eine gute Nase, aber deswegen wird mir in Zügen und so schlecht.

Man wird nicht mit mehreren Eigenschaften wiedergeboren.

Aber deine Eigenschaft ...

Richtig ist: Er kann im Dunkeln gut sehen.

Hä ...?

K... Keine Ahnung ... Aber wenn man seine guten Noten bedenkt ...

... hat er vielleicht ein gutes Gedächtnis?

Leider falsch!

Was glaubst du, ist seine Eigenschaft?

Miya geht es auch nicht anders als mir.

Äh?

Kein Wunder, so dass er so verschroben ist, wenn er dafür ...

Ah ...

Auf die Plätze ...

Das ist alles ...?!

Vampir nachtaktiv

Dosch

... fertig, los!

Er kann gut im Dunkeln sehen ?!

Äh? Was hast du gesagt, Kiba?

Als wäre er ein Kater!

Miau

Er kann gut im Dunkeln sehen! (zum zweiten Mal)

Seine guten Noten hat er also mit Mühe und Fleiß erreicht?

Halt.

Viel Glück, Mashiro! Ich laufe gemütlich hinter- her.

Haben Colors in Wahrheit gar nicht so tolle Eigen- schaften?!

Jetzt fällt mir auf ...

... nur eine ober- flächliche Sicht auf ihn.

Vielleicht hatte ich ...

Dabei dachte ich, er würde schwänzen!

Miya ...!

... dass Miya mich kein einziges Mal ...

... als Clear bezeichnet hat.

Miya!

Dapp
Dapp
Dapp

Ich muss mich für letztes Ma...

Äh ...

... war das?
Ich hab meine Medizin nicht mitgenommen ...
Medizin ...?
Er sieht genauso blass aus wie damals.
Mir wird übel.
Äh?! Musst du kotzen?!
Keine Sorge, wir sind hier im Gebüsch!
Mir wird übel, wenn ich daran denke ...
Hah
... dass ich Blut trinken muss.
Hah

Blut trinken nur Ungeheuer ...!

Ich brauche kein Blut.

Ich konnte es bisher immer ertragen.

Mist!

Ich dachte, ich würde die kurze Zeit aushalten ...

Normalerweise hab ich Medizin dabei, die aus denselben Stoffen wie Blut gemacht ist.

Die Eigenschaft eines Vampirs ...?

Ich hatte keine Ahnung ...

Wenn ich meine Eigenschaften nicht kontrolliere, wäre das gleichbedeutend damit, gegen dich zu verlieren.

Grusch

... vorging.

... was in ihm ...

Trink.
Bamm
Red keinen Stuss!
Du musst dich nicht schämen.
Urgh
Ich schäme mich nicht!
Ich war unsensibel ...
Ich wusste nicht, dass es schwierige Eigenschaften gibt.
Trotzdem hab ich behauptet, du hättest es gut.
Trink mein Blut und werde wieder fit.
Dann werde ich dir zeigen, wo der Hammer hängt ...
... damit du mich als Nummer eins anerkennst.
Ich möchte unter fairen Bedingungen gegen dich gewinnen.

Puh
...

Gluck

Hamm

Ngh
...

Köstlich.

So
gut
...

... schmeckt
Blut also.

Taumel

Blutarmut

Hey
...!

Hey,
Mashi-
ro.

Wieso
schmeckt
dein Blut
so gut
...

Ich
kann nicht
mehr auf-
hören.

Am
liebsten
würde ich
immer wei-
ter trin-
ken.

Gluck

Gluck

Ich werde nicht verlieren!

Aber ich werde Miya überwinden ...

... und garantiert die Nummer eins werden.

Alles in Ordnung?

Hey!

Ich glaube, ich könnte dich auch tragen.

Lass mich das später mal probieren.

Hör auf!

Im Sanitätsraum

Die Palette der Wiedergeburt / Ende

Die Palette der Wiedergeburt

Diese Geschichte spielt in einer Welt, in der es Wiedergeborene und Nicht-Wiedergeborene gibt. Der damalige Redakteur hat mir geraten, dass die Protagonistin einen charakteristischen Umriss bekommen solle, weshalb ich Mashiro nach vielem Überlegen Haarspangen und Haare, die nach außen geschwungen sind, verpasst habe.

Es freut mich, dass ich hin und wieder auf Fans der Kurzge-schichte treffe, obwohl aus ihr keine Serie geworden ist. Im Rückblick fällt mir auf, dass ich wohl eine Vorliebe für Cha-raktere mit schwarzen Haaren und einer scharfen Zunge habe (siehe Miya von *Palette* und Lion von *Kavallaris*) ...! ⁂lach⁂

Die Schwingen
der Kavallaris

Cosmic
Lonely Girl

Hast du die Nachrichten gesehen? Ein Meteorit ...

Das ist mir neu!

... ist in unsere Stadt eingeschlagen.

Aber lass uns jetzt Eis kaufen.

Es gibt niemanden, der in schweren Zeiten ...

Ah! Magst du mitkommen, Mizuki?

Hey!

... plötzlich auftaucht und mich beschützt.

Nein, danke.

Ich trau mich nicht mehr runter!

Letztens hab ich gesehen, wie sie einer Katze geholfen hat.

Warum bist du denn da hochgeklettert?

Halt still.

Quietsch

Mir macht sie irgendwie Angst.

Wieso hast du Mizuki gefragt?

Mizuki Nakamura (16)

Ach ja, heute kommen meine Eltern wieder spät nach Hause.

Ich muss mir auf dem Heimweg etwas kaufen.

Ach so?

Hätte ich nicht erwartet.

Ich liebe es, alleine zu sein.

Bang

Bis jetzt habe ich immer alles selbst geschafft.

Nein. Heute ist mein Vater auf Geschäftsreise und meine Mutter hat ein Meeting.

Ich komm alleine nach Hause.

Mizuki (Zweitklässlerin)

Ich rufe deine Eltern an.

Ich bin Einzelkind. Meine Eltern arbeiten schon seit meiner Kindheit.

Blutig

Quieh

Wird ein Film gedreht?

Hä ...?!

Wieso kommst du zu mir?!

Quieh?

Ich nehm einen anderen Weg ...

Da halte ich mich lie- ber raus.

Was geht hier vor?

Wupp

Wusch

N... Nicht weinen.

Hey.

Kuller

Ah ...

Zusch

Zusch

Oh Mann, was jetzt ...?!

Nein, nein! Ich will nicht!

Halt ihn fest und lass ihn nicht ent- kommen!

Egal!

Grrapp

Dapp

Wumms

Badosch

Wa...

Mein Wurf war stärker als beabsichtigt.

Äuweia!

Urggh!

Ich bin Lucius Leed, ein Weltall-Polizist!

Zusch

Zusch

Was soll das, Terraner?

Steckst du mit dem Kosmo-Fisch unter einer Decke?!

Zack

So schnell bin ich lange nicht mehr gelaufen ...

Ein Glück, dass der Schlüssel in meiner Jackentasche war.

Ngh ...!

Dapp Dapp

...

Mir war schon klar, dass niemand da ist.

Ich sag es trotzdem aus Gewohnheit.

Tut mir leid, dass du heute wieder alleine essen musst.

Bin wieder da!

Gatschack

Quieh

Äh? Willst du mir etwa sagen »Willkommen daheim«?

Quieh

Obwohl mir natürlich niemand antwortet.

ぷるん Wobbel

Die Wunde ist ge- heilt?!

Haaaah

...

Da freu ich mich für dich.

Wirst du wieder fit, wenn du dich ausruhst?

Quieh

もき もき

Toll!

Wäre irgendwie schön, wenn jemand wie du immer hier wäre ...

Klack

Du behinderst mich bei der Dienstaus- übung.

Aber was rede ich denn da ...?

Quietsch

»Bei dir ...

... ist nie jemand zu Hause.«

Aber ...

Ist das eine echte Pistole?

Es wäre klüger, ihm die Qualle zu geben.

Selbst ein Luftgewehr würde mich aus dieser Entfernung verletzen.

Dann wird er ein Auge zudrücken.

Er zittert ...

... und fürchtet sich vor dir.

Wobbel

Also kann ich ihn dir nicht geben.

Patsch

Hah

Zitter
Zitter
Quieh
Zitter

Was
...

Patsch
Patsch

Zitter

Danke
...

Willst
du
...

Zitter

Quieh

...
mich
etwa be-
schützen
...?

Patsch

So friedlich, wie er ist, wird er keinen Schaden anrichten.

Na gut ...

Der Kosmo-Fisch hat sein Herz einem Menschen geöffnet ...?

Puh

ぷるん
Wobbel

ゆ ゆ
Ngh

Nein ...

Mizu-ki.

Streck deine Hand aus.

Äh?! Bestimmt nicht.

Willst du mir Hand-schellen an-legen?!

Grapp
ぱ し

In diesem Zustand hast du ihn also beschützt ...

Du bist ein komischer Kauz.

Zitter Zitter

...

Autsch ...

Die Tentakel quallenartiger Kosmo-Fische sind giftig.

Sie lähmen, wenn man sie mit bloßen Händen anfasst.

Nein.

A... Alles gut.

Die Schmerzen sind weg.

Tut es weh?

Hier hast du Heilsalbe.

Oder hätte ich sie liegen lassen sollen?

Äh ...

Starr

Meine Tasche.

Wumms

Dieser Mann bringt mich ...

... ganz durcheinander ...

Wie bitte?

Du bist nur freundlich zu mir, um mich abzulenken und dann das arme Kerlchen zu töten.

Dank... Ah, Moment...

Ich weiß...

Zack

Wären da echte Kugeln drin, wäre er schon längst nicht mehr am Leben.

Hier liegt wohl ein Missverständnis vor.

In meiner Pistole ist nur Seife, um ihn zu fangen.

Du stirbst, wenn du nicht ins All zurückkehrst.

Äh?

Das heißt...

Dann könnte ich ihn zurück ins Weltall schicken...

...aber er ist vor mir weggelaufen.

BANG!

Die Seife schäumt erst auf, wenn sie das Ziel richtig trifft.

...er hat den Kosmo-Fisch gar nicht gequält?

Ich hatte ihn falsch verstanden...

Vor zwei Tagen...

...ist ein Meteorit auf der Erde eingeschlagen.

Starr

Ja, im Weltall leben etliche seiner Kameraden.

Ach so...

Es gibt mehrere von ihnen?!

Es war ein Sternenfragment. Und davon ernähren sich die Kosmo-Fische.

Bewegung

In dem Fall erwartet sie der Hungertod.

Betreten sie aber sein Gravitationsfeld, können sie nicht mehr eigenständig zurück ins All.

Solche Fragmente ziehen die Fische oft auf Planeten.

Kosmo-Fische werden brutal, wenn sie sie essen.

Es gibt mehrere Arten von Fragmenten. Auf die Erde gefallen ist die sogenannte »dunkle Materie«...

Wobbel

ぼよん

Das
...

... heißt
...

Dann ist es doch besser ...

... wenn du zusammen mit Lucius zurück ins Weltall gehst.

Du hast einen Ort ...

... wo du hinge-hörst.

Geh lieber nach Hause.

Kuller

しゅ
ん

Was für eine Entdeckung.

Das war mir gar nicht aufgefallen.

So verschiedene Gesichter können Kosmo-Fische also machen.

Hmm

Weil ich ihn mag ...

... will ich ihm helfen, nach Hause zu finden.

... und willst ihn deshalb fangen.

Ich dachte, du magst keine Lebewesen ...

Gwit

Nein, umgekehrt.

Meine Eltern kommen erst morgen Mittag wieder nach Hause.

Das passt schon.

Wie ...?

Es ist 21 Uhr. Da dürfen junge Mädchen nicht ohne Erlaubnis ihrer Eltern das Haus verlassen.

Ich brauche keine Erlaubnis.

Er, hält sich an seine Vorschriften!

Aber ...

Dieser Polizist!

Bis jetzt bin ich immer alleine zurechtgekommen, sogar dann, wenn ich verletzt war.

Ich trage selbst Verantwortung ...

Was auch passiert, dich trifft keine Schuld.

Keine Sorge.

Hmpf

Ich tu doch gar nicht stark.

Ich kann Leute nicht ausstehen, die so tun, als wären sie stark.

... der Kosmo-Fisch vertraut dir mehr als mir.

Aber ...

Um ihn zu fangen, brauche ich deine Hilfe.

Außerdem wärst du mir nur ein Klotz am Bein.

Hilfst du mir?

Gerne
...!

So etwas in der Art.

Ein Smart-phone?

Mein Radar zeigt da lang.

Biep

Die Fähigkeit der Menschen, kleine Geräte zu erfinden, ist auch im Universum beliebt.

Ach so.

Es gibt Leute, die sie absichtlich da-mit füttern, um sie im Krieg ein-zusetzen.

Äh?

...

Wie brutal wird ein Kosmo Fisch, wenn er sie isst?

Sag mal, die dunkle Materie ...

... von der du vorhin erzählt hast ...

Tapp
Tapp

Ein Happen und sie verwandeln sich in willenlose Waffen.

Ganze Planeten wurden dadurch bereits vernichtet.

Falls also ...

Waaah

Tapp

... unser Kosmo-Fisch den Verstand verloren hat ...

Tapp

Srt

Hah

Plitsch

Schauder

!

Das Gesetz schreibt vor, schädlichen Kosmo-Fischen ...

... schnell ein Ende zu bereiten.

Halt!

Lucius!

Sei still. Zum Glück wurde er noch nicht bemerkt.

Wapp

Das lass ich nicht zu ...

Sie verwandeln sich in willenlose Waffen ...

Starr

Batsch

Wusch

H... Hier geht's lang.

Es hat bestimmt wehgetan.

Du musst nicht so tun, als wärst du stark.

Das wolte ich nicht.

!

Spiel dich nicht so auf.

Aber ...

Hmpf

S...

Danke.

Es gibt niemanden, der in schweren Zeiten ...

Aber ...

... plötzlich auftaucht und mich beschützt.

E... Entschuldigt bitte ...

... ich muss mein Herz nicht verschließen.

Dank dir kann ich das Kerlchen ins Weltall bringen ...

... bevor es verhungert.

Sei stolz auf dich.

Das ist eine große Entdeckung!

Diese Qualle ist mir ein Rätsel.

Tuff

Die Mütze schenke ich dir.

Äh ...?
Was ...?

Hä?!

Du verdienst einen Orden. Du hast das Zeug dazu, der Weltall-Polizei beizutreten.

Bestimmt ...

Biep

Biep

Biep

Ab heute bist du meine Partnerin.

Mach dich bitte sofort auf den Weg!

Lucius! Auf der Erde soll noch ein Kosmo-Fisch gelandet sein.

Waas?! Wieso?!

... so jeman- den.

Los, Mizuki! Komm!

... findest auch du ...

Cosmic Lonely Girl / Ende

Cosmic Lonely Girl

Zu dieser Geschichte hat mich die Idee bewegt, eine Qualle als Maskottchen zu zeichnen. Ich kann mich aber gut daran erinnern, dass ich anfangs große Schwierigkeiten dabei hatte, die Rohskizzen anzufertigen.

Mir persönlich gefällt mein damaliger Zeichenstil ziemlich gut.

Mein Lieblingspanel ist das auf Seite 113, wo die Qualle ihre Schusswunde selbstständig heilt. Beim Zeichnen musste ich selber darüber lachen. ⁕lach⁕

Wobbel

Die Schwingen
der Kavallaris

Also küss mich

Ich möchte dich berühren.

Die Figur, die du immer in dem Anzug machst.

Ich habe etliche Gründe.

Die Art, wie du deine Zigarette rauchst.

Ich möchte dich küssen.

Zuck

...!

Angeblich hat er sich immer eine jüngere Schwester gewünscht.

N...
Nein, gar
nicht.

Er hat aber nur einen jünge-ren Bruder.

Letztens
...

... wurde
ein Perverser
in der Nähe
meiner Schule
gesichtet
...

Mach mir
nichts vor.
Du nickst ja
fast ein.

Herrje!

... fallen
mir fast die
Augen zu!

Die
Schule
macht
müde.

... weshalb er mich heute abgeholt hat.

In
Wahr-
heit
...

Hilfe!

Brrrrr

Bluubb

Der Topf!

Aaah

Es kocht über!

Küche

... erwachsen sein.

Schaahh

Es hat sich beruhigt ...!

Das sollte reichen.

Ssh

Aaah

Aus dem Weg, bitte.

Wo hast du das gelernt ...?

Die Suppe schmeckt gut.

Äh?

In solchen Fällen hilft es, Wasser reinzugeben.

Quasi als Erste Hilfe.

Wasser
↓

Wow! War das Magie?!

Deine halb gebackenen Kekse.
Knabber
Was zum Henker ist das ?
Ugh ...
Kekse ...
...
W... Was hast du?
Na ja ...
Ich bin überrascht von deinen mangelnden Kochkünsten ...
!
Deine Schuld, wenn ich Bauchweh kriege.
Am Ende hat er sie alle gegessen ...
Ich hab mich seitdem ziemlich verbessert.
Ach so?

Tuff

Wenn du
schon dabei
bist?

Du
könntest
dich netter
ausdrü-
cken.

Pfff

Waaah

Wapp

Was
ist?

Du
solltest
lieber
...

Tapp

I... Ich geh mir die Haare kämmen ...!

Waah

Was hat sie?

Wieso nur?

Schaaaaa

Immer geht es schief ...

... wenn ich versuche, über mich hinauszuwachsen!

Unser Abstand ...

... kann nicht ver- kleinert werden.

Dabei hab ich gar nicht lange gebraucht.

Er schläft ...

Kazu!

Wie ruhig er aussieht.

Er ist ...

Wupp
すとっ

... also doch erschöpft von der Arbeit.

Keiner ...

きょろ
Blinzel

... da.

Das ...

... macht mir Hoffnung.

Trotzdem gibt er mir ...

... Vorrang?

Ich muss mich zumindest vor meiner kleinen Schwester zusammenreißen.

Sorry. Ich verhalte mich ja wie ein alter Knacker.

Ha ha

Hab ich geschlafen?

Ja ...

Ganz kurz.

Hat er nichts ...

... bemerkt?

Kleine Schwester ...

Ich bin gestern auf meinen Absätzen weggeknickt.

Das tut total weh.

Echt blöd.

Kein Problem.

Was ist?

Brauchst du Hilfe?

Autsch!

Kannst du das noch für mich erledigen?!

Ich wollte gerade gehen.

Aber na gut.

Danke!

Kazuya!

Grapp

Ach ja.

Hä?

Eine Kollegin hat mich übrigens gefragt, ob du eine Freundin hast.

Er darf ruhig weiter rauchen.

Sara ...?

Du Frauenheld!

Keine Antwort.

Ich beneide dich!

Hey!

Wem schreibst du da?!

Ich dachte, du willst meine Hilfe?

Wupp
Oh!
Hab ich geschlafen?!
Äh?! Oh nein!
Es ist schon dunkel.
Vrr
Vrr
Vrr
Oh nein.
Mein ...
... Handy klingelt.
Vrr
Vrr
Klatter
Vrr

Kazu
...?

Äh
...

Äh?!

Du
hier?!

Ich
dachte
schon
...

Es ist mir egal ...

A...

Auch wenn ich nur ...

... eine kleine Schwester für dich bin ...

Ich liebe dich, Kazu.

... warum du so lieb zu mir bist.

... bin ich trotzdem ...

...

Ich möchte nicht ...

... weinen.

Dein liebevoller Charakter.

...fürsorgliche Art.

Okay!

Und ...

Ach ja.

...

Ich liebe alles an dir.

Beim Kuss vorhin hatte ich aber ein Déjà-vu-Erlebnis.

... deine hin und wieder gemeinen Bemerkungen.

Ich dachte, es wäre ein Traum.

Also ...

Darum lass mich das ...

... noch einmal überprü-fen.

... berühr mich ...

... und küss mich.

Also küss mich / Ende

Also küss mich

Mein Debütwerk ...! Wenn ich
mich recht entsinne, habe ich
die Geschichte gezeichnet, als
»Küsse« das Thema bei *Hana
to Yume* waren. Zu jener Zeit
wurden meine Manga immer
dann abgedruckt, wenn ich an
einem Wettbewerb teilgenommen und einen Preis gewon-
nen hatte.

Oft zeichne ich, wie in
*Die Schwingen der Kavalla-
ris* oder in *Die Palette der
Wiedergeburt*, gleichaltrige
männliche Hauptcharaktere,
die sich mit der Protagonistin
zanken. Im Gegensatz dazu
ist Kazu ein reifer, erwach-
sener Mann.

Alles an diesem Manga ist
so ungeschliffen, dass ich
am liebsten laut schreien
würde, aber ich würde gerne
bei Gelegenheit noch einmal
einen älteren, erwachsenen
Charakter zeichnen.

Selten ist auch, dass einer
meiner Charaktere raucht.

Am zweiten Flugsteig ...

Begleitet wird er von Foreus, dem Einhorn!

Stapf

Stapf

Waaaah

Shao Ludogert mit ihrem Weißkopf-riesenadler Jistille!

... die viel-verspre-chenden New-comer!

Krick
Dem Finale schauen deutlich mehr Leute zu als gewohnt ...
Krack
Hey.
Reiß dich am Riemen.
Als Nächstes erscheint ein Teilnehmer, der viele von Kings Rekorden gebrochen hat und im Mittelpunkt der Aufmerk-samkeit steht!
Waaah
Lion Alfort und Nils, ein Schlangen-drache!

Werd ich nicht!

Behaupte später ja nicht, du hättest den Start vermasselt, weil du so nervös warst.

Puh

Shao.

Jill und ich werden dem Publikum zeigen, wie wir fliegen.

Ich musste viele durchmachen, aber heute ist es so weit.

Ich habe den Tag wirklich herbeigesehnt ...

Endlich kann ich gegen dich antreten.

... seit ich den schönen Flug von dir und Lion erlebt habe.

King ...

Schluck
Jistille und ich sind gekommen …
… um die Nummer eins zu werden.
Ey, wir sind auch noch hier.
Psssh
Nils und ich werden die Champions.

Möge das Rennen ...

Ich werde nicht ver-lieren.

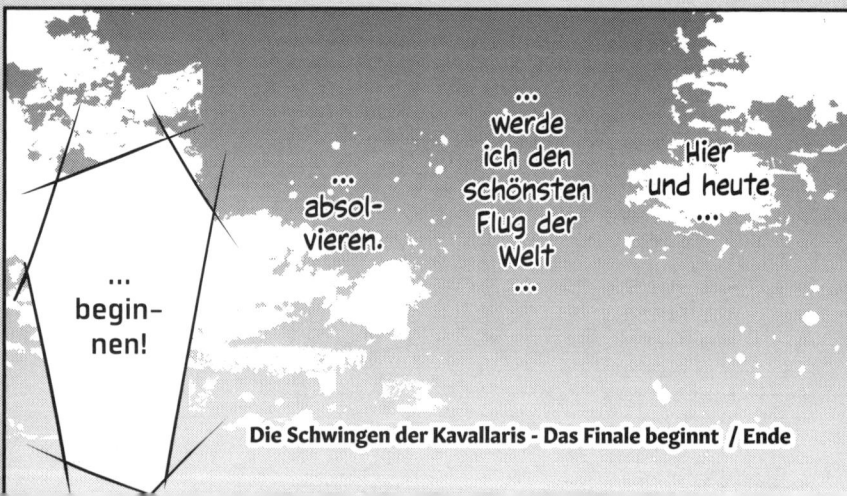

... werde ich den schönsten Flug der Welt ...

Hier und heute ...

... absol-vieren.

... begin-nen!

Die Schwingen der Kavallaris - Das Finale beginnt / Ende

Bildergalerie

Vorschau 1
Die Schwingen der Kavallaris

Vorschau 1
Die Palette der Wiedergeburt

Vorschau 2
Die Schwingen der Kavallaris

Vorschau 2
Die Palette der Wiedergeburt

Ich bin sehr glücklich darüber, dass ich im Bonuskapitel meine alten Charaktere nach langer Zeit wieder zeichnen konnte! Vielen Dank!

Shiki Chitose

Die Schwingen
der Kavallaris

Die Legende von Azfareo

Shiki Chitose

Im Schloss des Königreichs Azfareo haust ein fürchterlicher Drache. Rukul wird auserwählt, ihm zu dienen. Das aufbrausende Temperament der Bestie verschreckt sie zunächst, doch sie bemerkt schnell, dass sich hinter seiner rauen Schale eine sanfte Seele verbirgt. Jedoch rankt sich um den Drachen und den verschwundenen König noch ein großes Geheimnis ...

Liebe in Zeiten der Taisho-Ära

Shiki Chitose

Anfang des 20. Jahrhunderts lebt Rinko als Tochter eines verarmten Adeligen in Japan. Sie ist es gewohnt, dass sich ihr Vater ständig irgend-etwas aufschwatzen lässt. Doch diesmal geht er zu weit: Er meldet Rinko bei einer Ehevermittlung an! Prompt hat sie etliche Bewerber. Rinko hat aber kein Interesse daran, sich verkuppeln zu lassen, schon gar nicht mit dem arroganten Grafen Ouga ...

Shiki Chitose

Die Reue der Kinder Gottes

Shiki Chitose

Finstere Schattenwesen bedrohen die Welt. Sobald sie von einem Menschen Besitz ergriffen haben, kommt jede Hilfe zu spät. Die einzige Waffe, mit der die Schatten bekämpft werden können, ist das Kreuz der Verdammnis. Mit seiner Kraft versuchen die »Kinder Gottes« das Böse zurückzudrängen. Der junge Neo Belclift schließt sich ihnen an, um die Schatten zu vernichten und seine besessene Schwester zu retten ...

Yona Yona Yoga

Shiki Chitose

Ritsuko arbeitet gerade mal seit einem Jahr in ihrem ersten Job, fühlt sich an manchen Abenden aber schon total ausgepowert. Da entdeckt sie eines Abends den Aushang einer Yoga-Schule. Im Unterricht von Frau Kiyomi lernst sie bald, wie man den Stress hinter sich lässt und sich immer wieder fit und frisch für den nächsten Tag macht.

altraverse

Deutsche Ausgabe / German Edition
Altraverse GmbH – Hamburg 2024
Aus dem Japanischen von Nana Umino

KAVALLARIS NO TSUBASA -CHITOSE SHIKI TANPENSHU-
by Shiki Chitose
© Shiki Chitose 2023
All rights reserved.
First published in Japan in 2023 by HAKUSENSHA, Inc., Tokyo.
German language translation rights arranged with HAKUSENSHA, Inc., Tokyo
through Tuttle-Mori Agency, Inc.

Redaktion: Linda Singer
Herstellung: Cathrin Hamester
Lettering: Vibrant Publishing Studio

Druck: CPI books GmbH, Leck
Printed in Germany

Alle deutschen Rechte vorbehalten.
ISBN 978-3-7539-2520-2
1. Auflage 2024

www.altraverse.de